AF462502

NOUVELLES ÉTUDES POÉTIQUES,

Par M.r J.-B. Pévrieu.

Toulouse,

HEZ J.-M. CORNE, AVOCAT ET IMPRIMEUR, RUE PARGAMINIÈRES, N.° 84.

1827.

Philippe-Auguste

à Bouvines.

PHILIPPE-AUGUSTE

A Bouvines.

QUAND l'aigle des Germains, unie au léopard,
De l'empire des lis menaçait l'étendard,
La veille de ce jour où le sol de Bouvines
Fut inondé de sang et couvert de ruines,
Philippe dans sa tente, en proie à ses douleurs,
Aux pieds de l'Eternel versait d'amères pleurs.
« O Dieu ! s'écriait-il, la France désolée,
» La France que j'armai pour défendre tes droits,

» Aujourd'hui vers ton trône ose élever la voix.
» Tu vois entre mes mains l'oriflamme isolée;
» Je n'ai point d'alliés : seul, je vais affronter
» De puissans ennemis que toi seul peux dompter;
» Le Flamand orgueilleux, qui me brave et m'outrage,
» Range sous ses drapeaux les guerriers d'Albion,
» Avec eux, ces soldats que l'implacable Othon
» Oppose encore à mon courage.
» Dans ce péril pressant, ô Seigneur! souviens-toi
» Que, jadis, j'ai conduit au berceau de la foi
» La fleur des habitans de la riche contrée
» Que tu mis sous ma loi;
» Pour toi j'ai combattu sur la terre sacrée :
» Maintenant défends-moi. »

Il dit, et le Très-Haut entendit sa prière :

Un ange bienfaisant, que le ciel a choisi,
De son aile légère
Effleura sa paupière,
Et d'un profond sommeil Philippe fut saisi.

— Veillez d'une ardeur sans égale,
Sage Guerin, vaillant Coucy;
Veillez, noble Montmorency,
Autour de la couche royale.

Les pas furtifs de l'étranger
Tromperaient-ils leur vigilance?
Non, tout reste dans le silence,
Le Roi repose sans danger.

Il repose; mais sa pensée

Prend son essor dans l'avenir,
Et ses songes vont réunir
Et sa gloire future et sa gloire passée.

Il voit le camp des Musulmans;
Ptolémaïs résiste encore;
Un rayon brille: c'est l'aurore
Du jour où ses soldats vaillans,
Brûlans du feu qui le dévore,
Entrent dans Acre triomphans.

Soudain, comme un faucon rapide
Tombe sur le faisan timide,
Le monarque Français, au nouveau champ d'honneur,
A porté tout à coup le glaive destructeur;
Les preux, que son regard anime,

Ont imité son audace sublime :
Il est encor vainqueur.

L'illusion brillante à la fin se dissipe ;
L'austère vérité s'offre aux yeux de Philippe :
Des Belges, des Anglais, les nombreux étendards,
Déployés dans la plaine avec ceux des Césars,
Lui montrent dans ce songe une image réelle
De ce prochain combat dont l'attente cruelle
Tient en suspend l'armée, et mêle dans son cœur
Le courage à l'effroi, l'espoir à la terreur.

Alors la figure imposante
D'une ombre sortant des tombeaux,
S'élève devant le héros
Saisi d'horreur et d'épouvante !

Son cou d'une trace sanglante
Présente l'aspect douloureux ;
Une auréole rayonnante
Orne son front majestueux.

— Au stygmate de son martyre ,
O Roi ! ne reconnais-tu pas
Le vieillard qui te tend les bras ?
C'est l'apôtre de ton empire.
« — Prince , rassure-toi ; sur un appui divin ,
» De ton peuple éperdu repose le destin. »
Il dit , et disparaît. Le monarque s'éveille ;
Mais quelques sons confus ont frappé son oreille ;
Denis a prononcé ces mots mystérieux :
« Le plus digne en ce jour sera victorieux. »
Lorsque les aquilons ont soulevé les ondes ,

Que les monstres marins, dans leurs grottes profondes,
Mêlent au bruit des flots leurs sourds mugissemens,
Que le ciel, obscurci par les sombres autans,
N'offre plus au nocher la clarté salutaire
Des nocturnes flambeaux dont l'aspect tutélaire
A ses yeux incertains trace, en traits lumineux,
La route du mouillage, objet de tous ses vœux,
Au moment où l'écueil va combler sa détresse,
Qui pourrait exprimer avec quelle allégresse,
Quel doux ravissement et quel pieux transport,
Il aperçoit le phare allumé près du port ?
C'est ainsi que Philippe accueille l'espérance
Que Dieu protégera l'avenir de la France.

Les trompettes et les clairons
Avant l'aube se font entendre,

Et le Roi va bientôt se rendre
En avant de ses bataillons.

Le camp est déjà sous les armes ;
Mais pour le signal des alarmes
L'airain n'a pas encor sonné;
La foi prélude à la victoire :
De soldats, avides de gloire,
Un saint pontife environné,
A l'auteur de toute justice
Offre le divin sacrifice
Au nom du héros couronné.

Chefs et soldats, faites silence,
Votre Roi vers l'autel s'avance;
Il va parler, écoutez tous :

« Du vif éclat du rang suprême,
» Non, je ne fus jamais jaloux :
» Que le plus digne d'entre vous
» Ceigne, dit-il, ce diadème;
» Amis, c'est l'ordre de Dieu même :
« » Pourrais-je balancer? De la France que j'aime,
« » Si je ne suis plus roi, je serai le sauveur;
» Ce doux espoir fait palpiter mon cœur! »

Comme la voix des eaux puissantes
Et des tempêtes mugissantes,
Ebranle la terre et les mers,
Ainsi le cri de cette armée,
Du vœu de son prince alarmée,
A Bouvines frappa les airs.
« Le plus digne est Philippe-Auguste;

» Allons vaincre, sa cause est juste.
» Montjoie et Saint-Denis, que Dieu marche avec nous;
» Pour défendre le Roi, nous saurons mourir tous. »

— Vassal, ton souverain s'avance :
Tremble; les potentats qui te servent d'appui,
Ne sauraient dans ton sein ramener l'espérance;
Dieu combat avec lui.

Le torrent qui descend de la cime glacée
De ces monts sourcilleux où sa route est tracée
Entre des noirs rochers dépouillés par les ans,
Prend dans son cours rapide une force nouvelle;
L'obstacle augmente encor ses efforts renaissans :
Ainsi la noble ardeur de la troupe immortelle
S'accroît à chaque pas;

Il semblait que la mort, avide de combats,
Eût dans les mains du Roi remis sa faux cruelle.

Orgueilleux Baudouïn! qu'est-il donc devenu
L'espoir qui, dès l'aurore, entr'ouvrit ta paupière?
L'astre du jour à peine est parvenu
A la moitié de sa carrière,
Et tes fiers alliés et leurs nombreux soldats,
Ont fui de tous côtés, ou trouvé le trépas.
Toi-même, sous le joug courbant ta tête altière,
Maintenant dans les fers tu vas subir les lois
Du monarque irrité dont tu blessas les droits.

Ainsi dans ses desseins Dieu confond l'injustice:
Le trône de nos rois, au bord du précipice,

Raffermi par ses mains a bravé la fureur
Des flots des passions et du temps destructeur.

Bouvines et Philippe, ô noms chers à la gloire !
Réunis à jamais au temple de Mémoire,
Restez au premier rang parmi tant de hauts faits
Que l'histoire présente à nos yeux satisfaits :
A nos derniers neveux montrez que la Vaillance,
S'unissant à la Foi, ne sait rien redouter,
Et que toujours un enfant de la France
Combat ses ennemis sans daigner les compter.

Le

Chevalier d'Assas.

LE

CHEVALIER D'ASSAS.

LA nuit tendait ses voiles sombres,
Et des nuages orageux,
Parcourant la voûte des cieux,
Ajoutaient à l'horreur des ombres.

Le bruit du tonnerre lointain
Aux sifflemens des vents se mêle,

Et la plantive Philomèle
Pour l'écho n'a plus de refrain.

L'oiseau des nuits a fait entendre
Son cri précurseur de la mort :
Est-ce une victime du sort
Que l'enfer s'apprête à surprendre ?

Quel est l'intrépide guerrier
Qui se glisse sous le feuillage ?
Suffit-il, pour braver l'orage,
De l'abri d'un simple laurier ?

C'est d'Assas : il prête l'oreille
Au tumulte des élémens ;

À l'avant-garde de nos camps,
Sur Auvergne c'est lui qui veille.

« O France ! qu'ai-je fait pour toi ?
» Dit-il, en versant quelques larmes ;
» A peine ai-je essayé mes armes :
» N'attendrais-tu plus rien de moi ?

» Des combats image sublime,
» La tempête élève mon cœur ;
» Je crois être au champ de l'honneur,
» Et le plus doux espoir m'anime.

» De la gloire rêves brillans,
» Ne puis-je, au gré de mon envie,

» Echanger quelques jours de vie
» Contre vos tableaux séduisans? »

Il dit, et plein de confiance
Dans l'avenir mystérieux,
Il s'avance silencieux
Hors de nos lignes de défense.

Tout à coup la vive clarté
Des feux qui sillonnent la nue,
Lui montre une femme inconnue
Au bord d'un sentier écarté.

De lis sa tête est couronnée,
Sa robe est de pourpre et d'azur;

Sa chevelure, d'un or pur,
Flotte au hazard abandonnée.

Les bras élevés vers les cieux,
Elle implore leur assistance,
Et la douleur et l'espérance
Brillent ensemble dans ses yeux.

Sa voix douce et majestueuse
Soupire de tristes accens :
On croirait des cygnes mourans
Ouïr la voix mélodieuse.

« Noble chevalier, je t'attends :
» Sauve-moi d'un péril extrême !

» Retarde mon heure suprême :
» Suis mes pas, il est encor temps. »

Le guerrier que la gloire appelle,
A sa voix n'hésita jamais,
Et d'Assas dans le bois épais
S'enfonce aussitôt avec elle.

« Maintenant apprends qui je suis,
» Dit en s'arrêtant l'inconnue ;
» Au nom du ciel je suis venue,
» Et c'est une ombre que tu suis.

» J'empruntai la voix de la France
» Que menace un danger pressant :

» L'honneur sur ton âme est puissant ;
» Je te charge de sa défense. »

Le fantôme s'évanouit ;
Soudain l'obscurité redouble :
Le cœur du chevalier se trouble,
Et son esprit reste interdit.

« O Dieu ! dit-il, de ce mystère
» Daigne me découvrir le sens ;
» Dissipe mes doutes naissans,
» Par un rayon de ta lumière.

» Comme le fleuve impétueux
» Qui déborde au loin dans la plaine,

» L'indomptable destin m'entraîne :
» O ciel ! reçois mes derniers vœux. »

Tout à coup du buisson s'élance
Un nombreux essaim de soldats ;
Eh ! quoi , d'Assas ne s'émeut pas
En voyant la mort qui s'avance ?

Tel que le rocher sourcilleux
Qui brave les flots en furie ,
Son regard dédaigneux défie
La foule des guerriers fougueux.

« Français , abjure l'espérance
» De recevoir quelques secours :

» Si tu veux conserver tes jours,
» Rends-toi, lui dit-on ; fais silence. »

Dans les serres de l'épervier
Gémit la colombe innocente ;
Mais sous la lance menaçante
Ne frémit pas le chevalier.

La joie anime son visage ;
Il a compris quel est son sort,
Et qu'il peut faire de la mort
Un sublime et touchant usage.

« A moi, ce sont les ennemis :
» Auvergne, cria-t-il, aux armes ! »

Donnant le signal des alarmes
Alors qu'on le croyait soumis.

Il meurt !... mais il sauva la France ;
Et la juste postérité
Au martyr de la liberté
Donne le prix de la vaillance.

Les

LES VENDÉENS.

PASSANT qui traversez cette terre inondée
Et de sang et de pleurs,
De nos divisions déplorez les horreurs
Sur les débris de la Vendée.

Interrogez l'écho de ces châteaux croulans :
Ecoutez... Des tristes victimes

Il répète encor les accens !
Silence ; il redira les harangues sublimes
Des chefs audacieux, soutiens des justes droits
Du ciel et de nos rois.

Voyez les monumens que la reconnaissance
Erige à la vaillance
De ces nobles guerriers ;
Leurs mains ont planté les lauriers
Dont l'ombre protectrice orne cette contrée :
Mais, hélas ! la pierre sacrée
Couvre-t-elle l'humble cercueil ?...
Je vois un laboureur, le front couvert de deuil,
Agenouillé dans la poussière ;
Il contemple, silencieux,
Les os, ou d'un père ou d'un frère

Que le soc, sous ses pas, vient d'offrir à ses yeux,
Et des torrens de pleurs inondent sa paupière.

Pieux habitans du tombeau,
Modèles révérés de la race future,
Salut. Salut à vous, ô mânes de Lescure,
Larochejacquelain, Stoflet, Cathélineau !
Salut, simples soldats, enfans de la nature !
Célébrer vos vertus est un devoir bien doux ;
Mais pour les signaler il faut les nommer tous ;
La préférence est une injure.

La France, veuve de ses rois,
Vint chercher un asile à l'ombre de ses bois,
Et sa noble douleur y trouva l'espérance,
L'espérance, ce don de la bonté des cieux,

Que la divine Providence
Ne refuse jamais aux êtres malheureux.

Qui n'eût conçu l'espoir de la victoire,
Depuis ce jour où la voix de la gloire
Réveilla tout à coup ce peuple généreux,
Quand de lâches tyrans, d'exécrable mémoire,
Voulurent lui ravir la foi de ses aïeux?

Comme l'Eurus brûlant soulève la poussière
En épais tourbillons,
Aux accens de l'honneur s'offrent cent bataillons;
L'homme des champs a quitté sa chaumière,
Son épouse et sa mère,
Armant son bras du fer qui traçait ses sillons.
En vain des vainqueurs de Mayence

La foule guerrière s'avance ;
L'abîme s'ouvre sous ses pas.
Par quelle merveille,
Inconnus la veille,
Ces héros d'un seul jour ont-ils, dans cent combats,
Tels que de vieux guerriers, affronté le trépas ?
Peut-être, planant sur leurs têtes,
Comme l'aigle dans les tempêtes,
L'ange exterminateur, au regard foudroyant,
A fait briller le glaive flamboyant
Que le Très-Haut mit en ses mains puissantes.
Sans doute ils vont porter leurs armes menaçantes
Aux rives de la Seine, et le trône est sauvé !...
Mais la faveur céleste, hélas ! les abandonne ;
Ils s'arrêtent !... Le temps n'est donc point arrivé
Où le fils de Henri reprendra sa couronne ?...

Cessons de murmurer lorsque le ciel l'ordonne :
Adorons ses secrets desseins ;
L'homme, vain jouet des destins,
Semblable à ce vase fragile
Que la main du potier fait sortir de l'argile,
Doit-il demander compte au divin Ouvrier ?
A-t-il le droit de s'écrier
S'il le brise dans sa colère ?

Dieu seul aux Vendéens opposa la barrière
Que leur bouillante ardeur ne devait pas franchir,
Et, s'il ne daigna pas alors les affranchir,
S'il voulut ménager à leur persévérance
L'épreuve d'une longue et cruelle souffrance,
Du moins il empêcha que leurs fiers ennemis
Osassent se vanter de les avoir soumis.

En proie aux horreurs de la guerre,
Poursuivis par le feu, désolés par la faim,
Infortunés ! invoquez-vous en vain
Celui qui lance le tonnerre ?
Non : le moment approche où l'arbre de la paix
Etendra ses rameaux sur vos tristes demeures ;
Combattez toutefois, ne vous lassez jamais,
Par des traits valeureux marquez toutes vos heures.
Mais de vos ennemis le fer est impuissant ;
Semblables au phénix des cendres renaissant,
On vous voit aujourd'hui compléter votre armée
Que le combat d'hier semble avoir décimée...
Du bocage embrasé magnanimes enfans,
Quel pouvoir invisible a rétabli vos rangs ?
O Vendée ! as-tu donc cette vertu féconde
De cette vallée où la mort

Doit rendre un jour sa proie à l'arbitre du sort?
Ou, nouvelle Pyrrha, pour repeupler le monde,
Des rochers fais-tu naître un essaim de soldats
Préparés aux combats?...

Le repos succède aux alarmes:
O défenseurs des lis! ne versez plus de larmes;
Un puissant ennemi, respectant vos malheurs,
Permet à vos douleurs
De s'exhaler sous le chaume rustique,
Et le manoir antique
A revu ses vieux possesseurs.

Enfin, le sombre nuage
Qui voilait encor les cieux,
Laisse paraître à vos yeux,

Après un affreux orage,
L'astre cher à vos aïeux :
C'est l'étoile tutélaire
De nos princes adorés,
Et sous leur règne prospère
Vos destins sont assurés.
Vendéens, de votre gloire
Les pages de leur histoire
S'orneront avec orgueil,
Et leurs regrets équitables,
ur le bronze, gravés en traits ineffaçables,
Honoreront vos héros au cercueil.

Les

Grecs.

LES GRECS.

ODE.

JE vois donc enfin paraître
Le jour de la liberté ;
Sparte, Athènes vont renaître :
Le despotisme est dompté !
Héros du Péloponnèse,
L'affreux ouragan s'apaise ;
Les tyrans sont aux abois :
Votre courage indomptable

Forme un empire durable
Sous l'ombrage de la croix.

Préludant à la victoire
Par des chants religieux,
Vous ne cherchez d'autre gloire
Que le suffrage des cieux :
L'Eternel, dans sa clémence,
Vous arma de sa puissance
Contre l'enfer déchaîné,
Et, dans un abîme horrible,
Par une force invincible
J'ai vu l'impie entraîné.

Tremblez, lâches prolétaires
De l'islamisme impuissant ;

Vos torches incendiaires
N'ont pas sauvé le croissant ;
La Vaillance et la Justice,
S'élevant contre le vice,
Triomphent de toutes parts,
Et la foudre vengeresse
Que Dieu confie à la Grèce,
Va partir de ses remparts.

Rassurez-vous vierges saintes,
Vos infâmes oppresseurs
Ne rempliront plus de craintes
Ces lieux témoins de vos pleurs :
Le sol de votre patrie
Offre à mon âme attendrie
L'heureux germe de la paix ;

Une éclatante lumière
Brille sur cette bannière
Qui le protége à jamais.

Les sons du sistre barbare
N'affligeront plus ces bois
Où la lyre de Pindare
A retenti tant de fois ;
Les muses de l'Hellénie
Ont encor pour le génie
Réservé quelques lauriers ,
Et peut-être qu'un Homère ,
S'élançant dans la carrière ,
Célébrera ses guerriers.

Déjà l'équitable histoire
Inscrit leurs faits éclatans ,

Et le temple de Mémoire
S'ouvre à leurs chars triomphans :
Cette pompe enchanteresse
Fait tressaillir d'allégresse
La poussière des tombeaux ;
Déjà l'univers dispose
Le brillant apothéose
De ces demi-dieux nouveaux.

O vous dont la Providence
Ranime l'antique ardeur !
Gardez-vous de la licence
Qui suit souvent le vainqueur :
Mais, que dis-je ? un Dieu vous guide,
Et sa sagesse préside
A votre auguste conseil ;

Sa présence tutélaire
Inondera de lumière
L'heure de votre réveil.

Sur les ruines d'un temple,
De vos chefs, de vos héros,
Avec transport je contemple
Les magnanimes travaux :
Ils pèsent avec prudence,
Dans une juste balance,
Les droits du peuple et des rois,
Et leur vertu bienfaisante,
Pour l'éternité cimente,
L'édifice de vos lois.

Mon œil perce le nuage

Qui couvre encor l'avenir :
J'accueille un heureux présage ;
Vos cœurs vont se réunir :
Vous saurez mêler ensemble,
Pour l'œuvre qui vous rassemble,
Tous les élémens divers,
Et modérer l'influence
De la suprême puissance
Qui fera tomber vos fers.

L'exemple des temps antiques
Fixera-t-il votre choix ?
De vos fières républiques
Rétablirez-vous les lois ?
Non ; le Labarum sublime,
De votre ère magnanime

Dévoile assez le destin ;
Vous lui devez la victoire :
Relevez donc dans sa gloire
Le trône de Constantin.

Ce siècle verra peut-être
De la cité des Césars,
Le signe du divin Maître,
Franchir encor les remparts.
Déjà le juge inflexible
Fait briller le fer terrible
Contre les profanateurs,
Et le sang, fumant encore
Sur les rives du Bosphore,
Appelle enfin les vengeurs.

Osai-je dans mon délire
Sonder les divins secrets ?...
Peuple, du Dieu qui t'inspire
Respecte les saints décrets :
Si le soin de la vengeance,
Si la chute de Byzance,
S'opèrent par d'autres mains,
Adore dans le silence
L'ordre de la Providence,
Et souscris à ses desseins.

La

Gloire.

LA GLOIRE.

ODE.

Ombres qui peuplez l'Elysée,
Voyez cette foule empressée
Couvrant de lauriers vos tombeaux ;
C'est en vain que la noire Envie
Voulut obscurcir votre vie ;
L'univers jugea vos travaux.
La postérité vous couronne :

Et la palme qu'elle vous donne
Fleurit dans le champ du repos.

Législateurs, princes augustes,
Guerriers, ministres, hommes justes,
Objets du respect des mortels,
Votre espérance est surpassée ;
Du Léthé la vague glacée
N'a point inondé vos autels,
Et le feu sacré de la Gloire
Eclaire au temple de Mémoire
Vos tabernacles éternels.

En votre honneur, ombres sacrées,
Que nos guirlandes diaprées
Ornent ces marbres précieux,

Et que la bouillante jeunesse,
Avide d'entendre sans cesse
Redire vos faits glorieux,
Cédant à son brûlant délire,
Saisissant l'épée ou la lyre,
Suive vos traces en tous lieux.

O Gloire ! quels sont donc les charmes
Qui, pour toi, du sein des alarmes
Font sortir de joyeux transports ?
D'une félicité parfaite
Fis-tu la promesse secrète
A ceux qui bravent mille morts ?....
Mais ton seul nom ranime encore
Celui que ta faveur décore
Du juste prix de ses efforts.

Si les héros des temps antiques
Franchirent les divins portiques,
S'ils prirent place au rang des dieux,
C'est qu'ils surent briser la chaîne
Qu'impose la nature humaine,
Dirigeant leur vol vers les cieux ;
La Gloire leur prêta ses ailes,
Et couvrit de fleurs immortelles
Leurs fronts à jamais radieux.

Déité toujours révérée,
Montre-toi sans cesse entourée
Par le cortége des vertus ;
Ralentis ta course rapide,
Jette au loin un fer homicide,
Effroi des états abattus,

Et que la terre satisfaite,
Sans larmes prépare la fête
De tes courtisans assidus.

Sésostris, Cyrus, Alexandre,
A l'univers ont fait comprendre
Quel est le prix de tes faveurs ;
Une inspiration féconde
A leurs armes soumet le monde ;
Ils se montrent, ils sont vainqueurs !
Mais tu leur fus bien plus propice
Lorsque, réprimant l'injustice,
Tu mis la pitié dans leurs cœurs.

J'aime mieux le fils de Philippe
Adoptant le noble principe

Qui le rend ami de Porus,
Que lorsque de pouvoir avide
Il retient d'une main cupide
Les provinces de Darius,
Ou que, dans son fougueux délire,
Aux rives du Gange il soupire
De ne pas surpasser Bacchus.

De tes amans infatigables
Dirai-je les noms redoutables ?
Retracerai-je leurs exploits ?
Citerai-je Annibal, Pompée,
Et César, de la Renommée
Epuisant l'éclatante voix ?
Mais il faut la lyre d'Homère

Pour célébrer, sans te déplaire,
Et les héros et les grands rois.

Peut-être ma muse timide
Osera d'un vol moins rapide
Suivre tes élans généreux :
J'ouvre ces sublimes annales
Où de tes pompes triomphales
L'éclat se déroule à mes yeux ;
J'y vois, suivant le cours des âges,
Paraître la foule des sages
Chéris des hommes et des dieux.

Trajan, Antonin, Marc-Aurèle,
Et ce prince à tes lois fidèle,
Honneur du trône d'Occident,

S'y montrent avec le cortége
Des philosophes que protége
Ton irrésistible ascendant.
Ils passent, leur mémoire reste,
Et sous leur appareil modeste
L'immortalité les attend.

Pythagore, Platon, Socrate,
Démosthène, comme Isocrate,
Jouissent des mêmes bienfaits;
Cicéron et Caton d'Utique,
Solon, les sages du portique,
Habitent aussi ton palais.
Le temps fuit; leur troupe s'augmente,
Et ta couronne rayonnante
Diverge au gré de leurs souhaits.

Un bruit lointain se fait entendre ;
Ma divinité va descendre :
Elle offre de nouveaux lauriers ,
Et vers l'Orient sa puissance ,
De l'Italie et de la France
Attire un essaim de guerriers.
L'Europe entière en est émue !
Les armes brillent à ma vue ,
La Paix pleure ses oliviers.

Ils volent : tout tremble , tout cède ;
Godefroy , Raymond et Tancrède
Ont délivré le saint Tombeau.
La Gloire à la Foi s'est unie :
L'Impiété reste punie ,
Et je vois luire un jour nouveau.

Solime, à la voix d'un prophète,
Avec transport levant la tête,
Contemple un spectacle si beau.

O Gloire ! n'as-tu point encore
Pour ceux que ton amour dévore,
Quelques couronnes, quelques fleurs ?
Quoi ! l'enchanteresse harmonie
Et des talens et du génie,
Resterait-elle sans honneurs ?
Rendant le travail inutile,
N'ouvrirais-tu donc ton asile
Qu'aux preux, aux sages, aux rhéteurs ?

Mais une image consolante
A mon œil surpris se présente :

J'incline mon front devant toi.
Quelle sublime multitude
Vient peupler cette solitude?
Ta cour apparaît devant moi!
J'admire le docte mélange
De cette brillante phalange
Soumise à ta suprême loi.

A côté du chantre d'Achille,
Je contemple, attendri, Virgile;
Milton vient se placer près d'eux.
Ovide, Camoëns, le Tasse,
Euripide, Sophocle, Horace,
Se montrent bientôt à mes yeux;
Corneille enfin, avec Racine,

Ont rejoint la troupe divine
Des poëtes chéris des cieux.

Enfin, dans le lointain s'avance
La cohorte que la Science,
O Gloire ! conduit sur tes pas.
Newton le premier se présente,
Et Pascal, dont la main puissante
A saisi l'éternel compas.
J'assiste à leur apothéose,
Et mon œil charmé se repose
Sur un laurier qui ne meurt pas.

Ainsi tes palmes immortelles
Croissent partout toujours nouvelles,
Ombrageant sages et héros ;

Ainsi dans la race future,
Malgré les cris de l'imposture,
Tu sauras payer nos travaux.
Puissé-je au gré de mon envie,
Voir encor de l'arbre de vie
Refleurir les sacrés rameaux !

La Mort

D'Alexandre 1.er

LA MORT

D'ALEXANDRE I.ER

ODE.

Entourons ce char funéraire,
Versons des pleurs sur ce cercueil ;
Couvrons ce marbre tumulaire
De signes éclatans de deuil !
Quand Moscou fut réduit en cendre,
Le monde connut Alexandre :
Il prévit un libérateur ;
Il comprit qu'un jour dans sa course,

S'élançant des climats de l'Ourse,
L'opprimé vaincrait l'oppresseur.

Aux pieds du souverain arbitre,
Alexandre s'est présenté ;
Il a montré son plus beau titre,
Le plus cher à l'humanité !
Le peuple le nomma le Juste ;
Devant le tribunal auguste
La voix du peuple a retenti :
Est-il un plus puissant suffrage,
Qu'un unanime et pur hommage
Que nul mortel n'a démenti ?

Jamais l'ambition fatale
N'égara son cœur généreux ;

Dans tous les temps son âme égale
Resta fidèle aux mêmes vœux :
Son but fut toujours la justice ;
Il referma le précipice
Qu'un guerrier redouté creusa ;
Mais il ne tira point vengeance
Du conquérant dont l'influence
Durant deux lustres l'abusa.

J'admire ce vainqueur sublime,
Aidant un peuple malheureux
A sortir du profond abîme
Où le plonge un destin affreux !
Il relève l'antique trône
De ces princes dont la couronne
Etait passée en d'autres mains ;

Et sa volonté tutélaire
Des noirs conseils de la colère
Sait préserver les souverains.

Sa main fit refleurir encore,
Plus resplendissans que jamais,
Ces lis dont l'Europe décore
Le temple auguste de la paix :
Par lui la France, restaurée,
Autour de la tige adorée
Reprend, parmi les nations,
Cet ascendant irrésistible
Que Dieu rendit incompatible
Avec l'esprit des factions.

Comme l'aigle franchit les nues,

Et prend son vol audacieux
Vers ces régions inconnues
Qui vont se réunir aux cieux,
Tel, sur les ailes du génie,
Des états réglant l'harmonie,
Le Tzar apparaît triomphant,
Planant sur l'édifice immense
De cette imposante puissance,
Œuvre de son règne éclatant.

Grandeurs des rois, brillans systèmes,
Vastes ouvrages des humains,
Cédez aux volontés suprêmes
Du régulateur des destins :
Rien ici-bas n'est immuable ;
Le pouvoir divin est seul stable ;

Tout le reste est soumis au temps :
Sa faux, comme un brûlant tonnerre,
Couvre la face de la terre
Des débris de ses monumens.

La mort, compagne inséparable
De l'agile fils du néant,
Dans sa carrière, infatigable,
Le précède à pas de géant ;
Mais dans les champs de la Tauride,
Pourquoi de leur course rapide
N'ont-ils pas ralenti l'essor ?
Sans doute l'enfer en furie
Voyait déjà d'un œil d'envie
Renaître pour nous l'âge d'or !

Ombre du vertueux monarque,
Tu veilles sur ton successeur :
Les affreux ciseaux de la Parque
N'ont pas comblé notre malheur.
L'aurore du siècle d'Astrée,
Eclaire la vaste contrée
Heureuse de tes sages lois,
Et bientôt sa douce lumière,
Inondant la nature entière,
Entrera dans le cœur des rois.

La postérité de ta vie
Conservera le souvenir ;
Elle te fut trop tôt ravie ;
Mais tu vivras dans l'avenir.
Les âges, pleins de tes maximes,

Profitant des travaux sublimes
Que ton règne vit commencer,
Suivront l'exemple mémorable
Que ta candeur inaltérable
Se préparait à leur laisser.

La

Tristesse.

LA TRISTESSE.

Saison brillante des amours,
Je ne sais plus goûter tes charmes ;
Mon cœur est fait pour les alarmes ;
L'ennui rembrunit les beaux jours.

J'ai cherché, dans la solitude,
A cacher mes sombres douleurs ;

Mais peut-elle par ses douceurs
Consoler de l'ingratitude ?

L'amant trahi par la beauté ,
Retrouve partout son image ,
Et moi je songe au sort du sage
Qui fut dupe de sa bonté.

Si j'erre seul dans la campagne ,
La méfiance suit mes pas ;
Les hommes des champs n'aiment pas
Ceux que la tristesse accompagne.

L'éclair brille dans le lointain ,
Ses feux présagent la tempête :

Il me semble ouïr sur ma tête
Gronder l'implacable destin.

Lorsque la tendre tourterelle
Répète ses plaintifs accens,
Sa voix trouble encor plus mes sens ;
Je crois qu'elle seule est fidelle.

Une rose s'offre à mes yeux ;
Les feux du jour l'ont desséchée :
Ainsi la vie est arrachée
Aux plus chers objets de nos vœux.

Des doux parfums des fleurs nouvelles,
Le frelon se charge et s'enfuit :

Tel le flatteur, qui nous séduit,
Pour nous quitter trouve des ailes.

Tout m'importune et me déplaît ;
O funeste mélancolie !
N'es-tu pas sœur de la folie ?
Mon être est-il donc imparfait ?

Autrefois les eaux, la verdure,
Auraient fait palpiter mon cœur ;
Maintenant, en proie au malheur,
Ai-je donc changé de nature ?

La nuit m'accorde un court sommeil,
Emu par des songes horribles ;

Mais ils ne sont pas si pénibles
Que n'est l'instant de mon réveil.

J'ouvre mes yeux à la lumière,
Et je redoute la clarté :
Peut-être me suis-je écarté
De ma véritable carrière.

Je vais chercher près des tombeaux
Le but de ma frêle existence :
Hélas ! puis-je avec assurance
Dans leur sein trouver le repos ?

La mort est un réveil sans doute ;
Pourquoi ne le craindrais-je pas ?

Osai-je affronter le trépas,
Lorsque tout mortel le redoute ?

Dieu que m'annonce l'univers,
Daigne me sauver de moi-même ;
N'es-tu pas l'arbitre suprême
Du sort de tant d'êtres divers ?

Enfin, j'ai connu ma détresse
Et le remède à mes tourmens :
Sachons donc user des momens
Que la bonté du ciel me laisse.

Les

Regrets.

LES REGRETS.

Hélas ! ils sont passés les jours de ma jeunesse !
Le temps m'a tout ravi ; l'impuissante vieillesse
A glacé dans mon sein la source des plaisirs.
Mon cœur, toujours brûlant, forme de vains désirs !...
Affreuse illusion ! misérable chimère !
Pourquoi me berces-tu d'un avenir prospère ?
Pourquoi dans le sommeil, par des songes flatteurs,
M'offres-tu quelquefois ces tableaux enchanteurs

Que le réveil dissipe aux rayons de l'aurore ?...
Ne pourrai-je calmer l'ardeur qui me dévore ?..
Tous ces biens sont perdus ; mon esprit les poursuit ;
Je les vois s'enfoncer dans l'éternelle nuit !...
Insensé ! j'embrassais une ombre passagère ;
J'oubliais, enivré par la vapeur légère
Que les fleurs du printemps exhalaient tour à tour,
Que l'hiver doit flétrir les roses de l'amour...
La raison m'appelait dans ces doctes retraites
Où les sages unis, loin du bruit et des fêtes,
Recueillent les trésors destinés par les cieux
Au bonheur immortel des hommes vertueux ;
Mais je fermais l'oreille à cette voix puissante,
Mollement balancé par la vague inconstante
De l'Océan sans bords où je m'étais plongé ;
A résister aux flots je n'ai jamais songé !

Aujourd'hui le remords empoisonne ma vie.
De tant d'horribles maux mon erreur est suivie !...
Le remords... O grand Dieu ! je ressens le pouvoir
D'un tyran plus cruel, du sombre désespoir.
A longs traits j'ai vidé la coupe enchanteresse
De ces plaisirs trompeurs causes de ma détresse ;
Mais le charme est détruit, et mon cœur éperdu
Contemple avec douleur tout ce qu'il a perdu.
Tel on voit un nocher sur la rive funeste
Où la mer, à ses pieds, jette le triste reste
Du vaisseau malheureux brisé sur le rescif,
Maudire l'existence, et, d'un œil attentif,
Mesurer lentement l'effrayant précipice
Où l'affreux désespoir prépare son supplice :
Pour lui plus d'avenir ; tout est dans le passé.
Qu'ai-je dit ? est-ce ainsi que de l'âge glacé

Je dois franchir l'espace, en proie à la souffrance,
Repoussant loin de moi la divine espérance?...
Ne puis-je, avec effort surmontant la douleur,
Apprendre à supporter le poids de mon malheur?
Je le puis, je le dois; une vive lumière
Déjà d'un trait de feu vient frapper ma paupière!
J'ai compris mon destin; je devais ici-bas
Livrer mes jeunes ans aux dangereux appas
De ce monde où le sort voulut me faire naître;
Mais un jour, détrompé, je devais reconnaître
Que tout ce qui respire use dans ses transports
De son être borné les fragiles ressorts;
Que l'âme s'affranchit de ce commun naufrage,
Lorsque des passions elle brave l'orage;
Que son vol, dirigé vers l'éternel séjour,
Tend à la rapprocher de ces sources d'amour

Où s'abreuvent sans fin les légions célestes.
Là, plus d'anxiété, plus de craintes funestes ;
Le bonheur dans ces lieux n'est plus soumis au temps ;
L'éternité ramène un éternel printemps.
Délivrez-moi, grand Dieu ! du mal qui me dévore ;
Effacez mes douleurs... Mais je soupire encore...
Je soupire !... Du ciel les terribles décrets
M'ont condamné sans doute à d'immortels regrets.

La

LA FORÊT.

L'ombre de la forêt antique
Offre un asile à mes douleurs,
Et je viens verser quelques pleurs
Au pied du chêne druïdique.

Jetant un regard incertain
Sur l'avenir que je redoute,

Mon oreille attentive écoute
L'oracle trompeur du destin.

Vieux arbres, votre tête altière
A bravé les foudres des cieux,
Tandis qu'un ver silencieux
Ronge votre bois séculaire.

Ainsi j'ai vu couler mes jours
Entre la joie et l'espérance;
Mais une secrète souffrance
Menace d'arrêter leur cours.

Le temps porta sa faux cruelle
Sur les objets de tous mes vœux;

Je reste seul et malheureux,
Frappé d'une atteinte mortelle.

Si du moins il m'était permis
De fixer ma triste pensée !...
Forêt, n'es-tu point l'Elysée
Où je trouverai mes amis ?

Obscurité, fraîcheur, silence,
M'offrez-vous en vain le repos ?
Est-ce pour aggraver mes maux
Que j'invoque votre puissance ?

J'entends les chants délicieux
De cet oiseau toujours fidèle ;

Mais les concerts de Philomèle
Ne sont que pour les cœurs heureux.

J'aime mieux le bruit de l'orage,
Et les lugubres sifflemens
Des rameaux courbés par les vents ;
De mon trouble ils m'offrent l'image.

Semblable à l'oiseau de la nuit,
Je fuis le jour que je déteste,
Caché dans cet asile agreste
Où le désespoir m'a conduit.

Des mortels la foule importune
Ne fréquente pas les forêts ;

L'écho seul redit mes regrets,
Et gémit sur mon infortune.

Assis aux bords des clairs ruisseaux,
A leurs ondes mêlant mes larmes,
Je sais trouver encor des charmes
Au doux murmure de leurs eaux.

Je crois alors, dans mon délire,
Suivre la source du Léthé,
Et que par la vague emporté,
Je vogue vers le sombre empire.

Bélisaire.

BÉLISAIRE.

« PASSANT, donnez l'obole au pauvre Bélisaire. »
Quoi ! ce triste vieillard, privé de la lumière,
Dont l'accent douloureux invoque la pitié,
Qui n'a d'autre soutien que la frêle amitié
De ce débile enfant que la misère accable,
C'est lui, c'est ce héros jadis si redoutable,

Ce vainqueur de l'Afrique, honoré tant de fois
Par ce triomphe auguste où paraissaient les rois
Chargés de fers pesans, victimes de sa gloire,
Pompeusement liés à son char de victoire?
Bélisaire, grand Dieu! ce vertueux guerrier
Qui rendit aux Césars la ville où le laurier
Croît sous les murs sacrés du noble Capitole?
Affreux Justinien! quel prétexte frivole
A coloré ta haine ou ta jalouse erreur?
Viens du moins admirer l'objet de ta fureur!
Vois empreints sur le front du vieillard vénérable,
Ces mots en traits de feu: « Je ne fus pas coupable
» Je sus de mes exploits te rapporter l'honneur,
» Et par mon glaive heureux tu fus le seul vainqueur! »
Sort funeste, faut-il que la toute-puissance
Soit sujette à l'erreur? qu'une aveugle vengeance

Frappe de toutes parts sur d'injustes soupçons,
Et, des siècles passés repoussant les leçons,
Au monde épouvanté donne un horrible exemple ?
Bélisaire ! pardonne ; un Dieu vengeur contemple
Le juste sur la terre en proie à la douleur,
Et dans l'éternité prépare son bonheur.

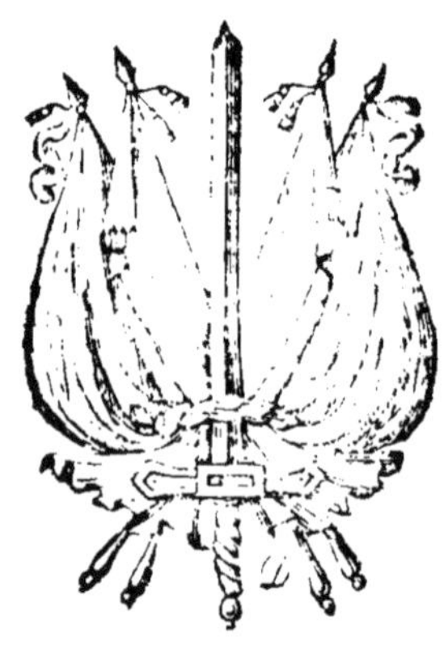

La

Mer.

LA MER.

J'aime à rêver sur ces rivages
Où la mer vient briser ses flots,
Et je songe aux cruels orages
Qui menacent notre repos.

Les zéphirs effleurent à peine
Les voiles de l'esquif léger :

Il semble que leur douce haleine
Berce le joyeux passager.

Soudain les échos font entendre
Le bruit d'un tonnerre lointain.
Nautonnier, garde-toi d'attendre
L'ouragan encore incertain.

Que ta main saisisse la rame :
Redouble tes constans efforts,
Presse-toi, l'horizon s'enflamme :
Vogue, sans tarder, vers ces bords.

Ainsi, lorsqu'une paix profonde
Laisse respirer les humains,

Il ne faut pour troubler le monde
Qu'un simple signe des destins.

Je vois surgir un autre monde
Des vastes mers de l'occident ;
J'aborde la terre féconde
Où Cortez entra triomphant.

Le fer des conquérans avides
Désola ces climats heureux ;
Mais enfin les heures rapides
Ont emporté ces jours affreux.

L'aurore d'un siècle prospère
Eclaire les bords indiens ;

La Providence tutélaire
Sur eux a répandu ses biens.

La mer protégera l'enfance
De ce peuple encore au berceau;
L'avenir à son espérance
Présente enfin un sort plus beau.

Le

Jugement dernier.

LE

JUGEMENT DERNIER.

ODE.

L'ESPRIT prophétique m'anime,
Je vois au loin, dans l'avenir,
Ce jour où Dieu, jugeant le crime,
Dispose tout pour le punir.
Déjà la trompette céleste,
Des humains rassemblant le reste,
Ouvre avec éclat les tombeaux!
Le juste renaît avec gloire:

Voici l'instant de sa victoire
Sur ses détestables rivaux.

Un conquérant, dans son délire,
A déchiré les saintes lois !
Son orgueil hautement aspire
A détrôner le Roi des rois !
Organe de l'esprit immonde,
Il a fait régner dans le monde
Les vices les plus odieux !
Et partout la vertu proscrite,
Sur les tables de mort inscrite,
Succombe en implorant les cieux.

L'heure de la vengeance sonne :
La terre a tressailli d'horreur !

Le juste lui-même frisonne ;
D'un Dieu soutient-on la fureur ?
Des signes effrayans annoncent
Que les destins enfin renoncent
A régler ce vaste univers,
Et que la sage Providence
Retirera son influence
A l'homme infidèle et pervers.

L'astre du jour perd sa lumière,
La lune se couvre de sang,
Et du globe la face entière
S'embrase d'un feu dévorant.
Soudain un bruit épouvantable
Annonce le char formidable
Du Juge puissant des mortels !

Il vient, armé de son tonnerre :
C'est pour rendre guerre pour guerre
Au destructeur de ses autels.

L'Antechrist et sa troupe infâme
Osent, dans leur noire fureur,
Atteints par la terrible flamme,
Défier encor le Seigneur !
L'enfer s'est ouvert pour l'Impie,
Tandis que le prophète Elie,
Avec Israël triomphant,
Aux pieds du Monarque suprême,
Dépose le saint diadème
Du peuple de Dieu repentant.

Alors, d'une voix éclatante,

Les ministres de l'Eternel
Appellent la foule tremblante
Au jugement universel.
Le Christ, sur les débris du monde
Va de sa sagesse profonde
Proclamer les divines lois,
Et sur une terre nouvelle
Etablir le peuple fidelle
Attentif à suivre sa voix.

Il place les bons à sa droite :
L'espérance a rempli leurs cœurs ;
Ils ont suivi la route étroite,
Et goûté le pain des douleurs.
« Venez les bénis de mon Père,
» Dit le souverain débonnaire,

» Et vous régnerez avec moi ;
» Car vous avez à l'indigence
» Toujours accordé l'assistance,
» Selon mes désirs et ma loi.

» Et vous, maudits, de ma vengeance
» Assez j'ai suspendu les coups ;
» Allez éprouver la souffrance
» Que vous prépara mon courroux :
» De ma faim et de ma misère,
» Quand je vins visiter la terre,
» Vous ne m'avez pas soulagé.
» J'avais mis le pauvre à ma place :
» Pour vous il eût obtenu grâce,
» Et vos mépris l'ont outragé !

Il dit : de sa proie assurée
L'enfer entraîne les débris ;
Alors vers la voûte azurée
S'élancent les élus ravis !
L'éternel Hosanna commence :
L'ange célèbre la clémence
Du Rédempteur du genre humain,
Et les réprouvés, qu'il enchaîne,
S'efforcent par leurs cris de haine
De troubler le concert divin.

Enfin le juge irrévocable
Disperse, d'un souffle puissant,
Tout cet univers périssable,
Qu'il détruit en le maudissant ;
Mais pour les élus sa sagesse

Auguste, ineffable, s'empresse
A créer un monde nouveau.
C'est là qu'une joie éternelle
Enivrera l'homme fidelle
Qui le servit jusqu'au tombeau.

L'Ingratitude.

L'INGRATITUDE.

ODE.

Monstre que l'odieux Erèbe
A vomi parmi les humains,
Qui, dans les palais, sur la glèbe,
Inspire tant de noirs desseins ;
Abominable ingratitude !
Tu visites ma solitude,
Mais je saurai te démasquer :
D'une main ferme je t'arrache

Le voile honteux qui te cache ;
Je vais au grand jour t'évoquer.

Tu rendis notre premier père
Rebelle envers son Créateur :
Allumant la sainte colère ,
Tu dévouas l'homme au malheur.
Hélas ! je te retrouve encore
Dans ce siècle impur qui s'honore
De ses déplorables écarts :
Je vois les bienfaiteurs du monde
Atteints par le venin immonde
Que tu souffles de toutes parts.

Pourrai-je énumérer les crimes
De tant d'ingrats trop renommés ?

Pourrai-je compter leurs victimes,
Montrer leurs os inanimés ?
C'est en vain ; des hommes coupables
Les égaremens détestables
Ne cesseront point à ma voix ;
Aujourd'hui la féconde histoire
D'exemples dignes de mémoire,
Est aussi riche qu'autrefois.

Absalon combattit son père,
Brutus assassina César ;
Un tyran bannit Bélisaire,
Aveugle, et fuyant au hasard ;
Néron, dans sa coupable rage,
Osa du plus horrible outrage
Epouvanter l'humanité ;

Il massacra sa propre mère !
Et, du ciel bravant la colère,
Il compta sur l'impunité.

Mais de ces exemples terribles
Ecartons l'affreux souvenir :
Offrons des tableaux moins pénibles,
Que notre œil puisse soutenir ;
Montrons un ingrat secondaire,
Dont le crime plus populaire
Puisse être offert à tous les yeux,
Et, des plébéiens régicides,
Des assassins, des parricides,
Ecartons l'aspect odieux.

De la véritable sagesse

Socrate interprète les lois :
Son zèle en faveur de la Grèce,
Des dieux même emprunte la voix,
Et ce peuple ingrat qu'il éclaire,
Fermant les yeux à la lumiere,
L'accuse des plus noirs forfaits !
Une sentence inattendue
Présente au sage la ciguë,
Pour le punir de ses bienfaits !

Mais quel ingrat plus exécrable
Que cet odieux délateur
Dont la fureur épouvantable
Poursuit son noble protecteur ?
J'ai vu, dans nos guerres civiles,
Souvent ramper ces vils reptiles

Aux pieds des dictateurs du jour,
Pour leur offrir le sacrifice
D'un ami qui n'eut d'autre vice
Que de prodiguer son amour.

Je frémis ! des accens horribles
Partent d'un antre ténébreux !
Quels sont ces monstres insensibles
Envers un prince généreux ?
Ce sont quelques êtres infâmes,
Proclamant leurs coupables flammes
Pour un désastreux conquérant,
Eux qu'une honteuse misère
Accablerait, sans le salaire
Que leur donne un Roi bienfaisant.

C'est assez ; ma plume se lasse
En traçant de telles horreurs !
Saisi d'épouvante, j'efface
Ces traits arrosés par mes pleurs.
Verrons-nous à la fin renaître
Ce siècle où l'on voyait paraître
Des hommes plus reconnaissans ?
Mais, hélas ! les beaux jours d'Astrée
A jamais ont fui la contrée
Où prospèrent tant de méchans.

L'Aurore.

L'AURORE.

L'AUBE déjà blanchit les cieux,
La fauvette se fait entendre ;
La nuit de son char va descendre :
Le sommeil a quitté mes yeux.

L'aurore en pleurs ouvre les portes
Au Dieu des saisons et des jours :

Il va paraître, et des amours
S'envolent les douces cohortes.

L'étoile de Vénus pâlit ;
La cime des monts se colore ;
La prairie est plus belle encore,
Et la rose s'épanouit.

Symbole heureux de l'espérance,
Moment de joie et de bonheur,
Prolonge le rêve enchanteur
Qui calme si bien ma souffrance !

Agité des plus doux transports,
J'attends un avenir prospère :

Astre naissant, que ta lumière
A mes regards montre le port.

Riant espoir, aimable ivresse,
N'êtes-vous qu'un songe trompeur ?...
Pourquoi ramenez-vous mon cœur
Aux chimères de la jeunesse ?

Mais comme le soir d'un beau jour
Ressemble souvent à l'aurore,
Sur mon déclin j'espère encore
Recueillir un rayon d'amour.

FIN.

TABLE.

Fin de la Table.

www.ingramcontent.com/pod-product-compliance
Ingram Content Group UK Ltd.
Pitfield, Milton Keynes, MK11 3LW, UK
UKHW020914180726
13838UKWH00002B/539